묻고 답하다

- Q&A · 問答 · 问答 -

もんどう

wèn dá

묻고 답하다

발행일   2021년 4월 9일

지은이   정한성
펴낸이   손형국
펴낸곳   (주)북랩
편집인   선일영   편집   정두철, 윤성아, 배진용, 김현아
디자인   이현수, 한수희, 김민하, 김윤주, 허지혜   제작   박기성, 황동현, 구성우, 권태련
마케팅   김회란, 박진관, 장은별
출판등록 2004. 12. 1(제2012-000051호)
주소   서울특별시 금천구 가산디지털 1로 168, 우림라이온스밸리 B동 B113~114호, C동 B101호
홈페이지 www.book.co.kr
전화번호 (02)2026-5777   팩스   (02)2026-5747

ISBN   979-11-6539-719-7 03810 (종이책)   979-11-6539-720-3 05810 (전자책)

묻고 답하다

정 + 한 + 성 + 시 + 조 + 집

달님의 빛남은 어두움 덕분이며
해님의 밝음은 자신을 태움이니
감사와 **절차탁마**로 오늘을 살리라

북랩 book Lab

　문학은 이를 공유하는 사람 간에 끈끈한 유대감을 형성하여
주는 지름길이라 할 수 있다. 그래서 우리나라 고유의 정형시인
시조를 외국인에게도 알려주어 시조의 간결하고 산뜻한 맛을 함
께 느껴 보았으면 하는 마음에 먼저 한글로 시조를 짓고 영어·일
본어·중국어로 번역하거나 재창작하였다.

　현재 하이쿠(5-7-5자로 된 일본 정형시)와 절구(4행 5, 7자로
된 중국 정형시)는 여러 나라에서 많이 배우고 있고 우리나라 시
조도 한류와 더불어 점차 연구되고 있다고 한다.

　시조를 번역하는 일은 기존의 훌륭한 시조를 찾아서 하는 것이
바람직하겠으나 여기에는 여러 가지 문제가 발생할 가능성이 있어
스스로 시조를 짓고 이를 번역하는 방법을 택하였다.

　영어 번역은 우리 정서와 많이 다른 관계로 핵심 내용을 중심
으로 최대한 간결하게 표현하고자 하였으나 단어 선택이 어려웠
고 라임(rhyme)을 만들지 못했다.

　일본어 번역은 일부는 하이쿠로 나머지는 시조의 형식(14-14-15
자 내외)을 택하였으나 하이쿠를 배운 적이 없어 주제에 대한 핵심
을 짚어내기 어려웠고 시조 형식을 취할 때는 글자 수의 제한으로
우리의 감정을 일본어로 표현하는 것이 어려웠다.

　중국어 번역은 5언 또는 7언 절구로 번역하였는데 한자의 어

러움으로 인하여 적확한 단어 선택이 어려웠고 3행시를 4행시로 바꾸고 거기에다 압운까지 맞추기가 힘들었다.

4부는 개인적인 내용이 많아 번역을 거의 하지 않았다.

이 책에서 중국어 번역은 루이 쫑 펀, 선 위 즈, 일본어 번역은 아베 키요미, 영어 번역은 로데스 프란치스코 원어민 선생님의 각별한 도움이 있었음을 밝히며 이 자리를 빌어 감사의 인사를 드린다.

또한 문학을 전공하지도 않고 여러 가지로 부족한 제가 용감하게 책을 발간하게 된 동기는 문학이 뛰어난 작가의 전유물이 아니라 누구나 즐길 수 있는 생활이라고 믿기 때문이다. 더군다나 이런 종류의 시조집은 이전에 발간된 적이 없었기 때문에 감히 시도하였다.

시작은 미약하였으나 그 끝은 창대하리라는 말씀을 믿고 졸작을 내었으니 너무 인색하지 않기를 부탁드리며 하느님의 가호가 함께하기를 기원드린다.

2021년 4월
정한성

The Sijo is a sort of korean poem which is poetry with a fixed form. They are usually composed of 3 lines, each line has 15 characters, total of 45 characters. But the number of them are flexible within the range of 2 or 3 characters in each line. In Japan poems are called Haiku. They are composed of 17 characters. While in China it is called Hanshi which is 20 or 28 characters. Sijo is a little longer compared to Haiku and Hanshi, however Korean language is a phonetic alphabet just like English so it is also short.

In fact, Sijo is a kind of lyrics. That people who encounter Sijo experiences it as clear as a song in their lives. Everyone can easily get the meaning. There has been a lot of difficulties translating Sijo into English, due to cultural differences and emotions the poet wants to convey to the public. The author used the simpliest English words possible.

These days, Korean wave is being introduced in various

ways including dramas, movies, fashion and music. Because Sijo is a genre of literature, I believe many people can easily relate to.

I recommend this book with the hope that people from all over the world will have the opportunity to participate, appreciate and more so to study.

written by Lourdes Francisco

時調は、韓国固有の定型詩だ。もともと、歌の歌詞として文学であると同時に音楽である。

平時調を基準として初章・中章・終章で 構成されており初章・中章は、3・4・3・4字、終章は、3・5・4・3字になっているが字数は、1・2字加減できる幅がある。但し終章初めの 3字は、必ず3字にしなければならない。

初章は 起、中章は 承、終章の 前句の 3・5は転、後句 4・3は結に該当する.日本語で 翻訳する時 俳句（5・7・5字）または 韓國の 時調の 形式を取ったが日本語の特性をいかし各章15字内外にし但し終章の初めは3字にした。

著者は俳句の時調を通して両国間の文学の交流を試みている。文学を愛する全ての人たちが感性を共有する切っ掛けになることを願って、この本を推薦したい。

安部喜世美
あべ きよみ

时调是韩国固有的定型诗。原歌词文学同时也是音乐。以平诗调为基准由初章·中章·终章组成。初章和中章是3·4·3·4字，终章是3·5·4·3字。字数有可增减1·2字的灵活性。但终章头三个字必须遵守。初章属于起，中章属于承，终章前句属于转，终章后句属于结。

翻译成汉诗的时候采用五言绝句或七言绝句的古诗形式突出汉诗的特性在起承结的末尾押上了押韵。

作者用中国的汉诗介绍韩国的时调试论着两国文化的交流。所有热爱文学的人通时调和汉诗希望能成为分享感性的契机推荐这本书。

申玉子，芮钟芬

제1부

물음·Question·問^とい·提问_{tí wèn}

제2부

느낌·Feeling·感^{かん}じ·感觉
gǎn jué

제3부

쉼·Rest·休み·歇息
xiē xī

제4부

이음·A joint·続き·接头

제1부

물음

물음은 첫 물줄기
미래를 향하여
설레며 달려가는
강물의 아버지다
언젠가 아지랑이로
되돌아갈지라도

提 tí	问 wèn	如 rú	溪 xī	水 shuǐ
激 jī	奔 bēn	向 xiàng	大 dà	海 hǎi
变 biàn	成 chéng	小 xiǎo	地 dì	气 qì
纵 nòng	然 rán	再 zài	回 huí	来 lái

처음

천 리 길도 시작은
한 발자국부터기에
아침은 저녁보다
한결 더 바쁘다
거미도
첫 줄에다가
온 힘을 다한다네

The first time

Every journey starts with
the first step you made.
The morning is busier
than the evening.
Even spiders throw all their energy
into the first line of the web.

はじ
初め

いのち か
命を賭ける
く も す だいいっせん
蜘蛛の巣第一線
はじ たいせつ
初めが大切

头　一　　次
tóu　yí　　chì

千　　里　　始　　一　　步
qiǎn　lǐ　shǐ　yí　bù

旭　　日　　比　　暮　　忙
xù　rì　bǐ　mù　máng

蜘　　蛛　　织　　网　　时
zhī　zhū　zhī　wǎng　shí

贯　　注　　第　　一　　行
guàn　zhù　dì　yí　háng

청춘

붉은 입술 흰 피부만
청춘의 상징인가
잠에서 깨어나면
기쁨이 가득하니
그대의
넘치는 열정
청춘의 특권일세

What is youth

Are red lips and resilient skin
the only symbol of youth?
If you are filled with joy
when you open your eyes
your overflowing passion
is the privilege of youth.

青春
<ruby>青春<rt>せいしゅん</rt></ruby>

<ruby>赤<rt>あか</rt></ruby>い<ruby>唇<rt>くちびる</rt></ruby><ruby>白<rt>しろ</rt></ruby>い<ruby>肌<rt>はだ</rt></ruby><ruby>青春<rt>せいしゅん</rt></ruby>の<ruby>象徴<rt>しょうちょう</rt></ruby>か

<ruby>目<rt>め</rt></ruby>が<ruby>覚<rt>さ</rt></ruby>めると<ruby>喜<rt>よろこ</rt></ruby>びでいっぱいで

<ruby>熱情<rt>ねつじょう</rt></ruby>が<ruby>溢<rt>あふ</rt></ruby>れるのが<ruby>青春<rt>せいしゅん</rt></ruby>の<ruby>特権<rt>とっけん</rt></ruby>だ

青春
qīngchūn

红	唇	白	肤	外
hóng	chún	bái	fū	wāi
惺	忪	充	嬉	怡
xīng	sōng	chōng	xī	yí
胸	中	满	热	情
xiōng	zhōng	mǎn	rè	qíng
年	龄	只	数	字
nián	líng	zhǐ	shù	zì

정성

누에고치 실을 뽑아
비단을 자아내고
흙으로 반죽하여
도자기를 구워내니
수백 번 실험한다면
나무껍질도 약이 된다

Sincerity

Extracting silk thread
from the cocoons.
Firing pottery made of soil.
If you studied carefully
even bark of trees
can be the cure.

たんねん
丹念

き
木のかわも

たんねんじっけん
丹念実験すると

くすり
薬になるね

赤诚
chì chéng

丝 sī	绸 chóu	蚕 cán	茧 jiǎn	捞 lāo
陶 táo	瓷 cí	用 yóng	土 tǔ	烤 kǎo
实 shí	验 yàn	做 zuò	百 bǎi	次 cì
树 shù	皮 pí	也 yě	成 chéng	药 yào

Q&A·問答·问答　　21
wèn dá

나눔

친구가 보내온
도루묵 한 상자를
이웃사촌 동생들과
아낌없이 나누니
예수님 오병이어가
기적이 아니더라

Sharing

A box of fish
from a friend of mine,
I shared generously
with my sisters and neighbors.
Just like a fulfillment of Jesus miracle
of the 5 loaves and 2 fish.

分けあい

友だちが送ったさかな一箱を

妹と隣の人に分けてあげて

イエス五餅二魚が奇跡ではないね

分享
fēn xiǎng

朋 péng	送 sòng	一 yī	箱 xiāng	鱼 yú
慷 kāng	慨 kǎi	赠 zèng	邻 lín	居 jū
快 kuài	乐 lè	回 huí	更 gèng	多 duō
五 wǔ	饼 bǐng	二 èr	鱼 yú	奇 qí

배움(외국어)

백발의 신사 숙녀
외국어를 배우니
이제 배워 어느 때에
뜻대로 말을 할까
늦었다
후회할 때가
이른 때 아닌가요

Learning(foreign language)

Old folks begin to learn
foreign languages.
Now learn
when we can begin to talk.
Isn't it too early
to regret being late?

学び（外国語）

白髪の紳士淑女外国語学ぶ

今習っていつ上手になるか

遅いと思った時が最も早い時だ

学习（外语）
xué xí wài yǔ

老	苍	学	外	语
lǎo	cāng	xué	wài	yǔ
不	识	能	说	期
bù	shí	néng	shuō	qī
学	习	无	止	境
xué	xí	wú	zhǐ	jìng
悔	晚	最	快	时
huǐ	wǎn	zuì	kuài	shí

배움(서예)

삼삼오오 모여들어
서예를 음미하니
바다가 용솟음치고
태산이 끊어진 듯
필력을 담뿍 담아서
쌓인 눈 녹여 볼까

Learning(calligraphy)

People come together
and appreciate chinese characters.
The handwriting look like rising sea
and mountains breaking apart.
Shall we also melt the snow
by such a power.

学び(書道)

三々五々集まって書道を楽しむ

海が迸り大きな山が絶ちきれる

筆力で積雪まで溶かしてみようか

学习(书法)
xué xí　shū fǎ

人	聚	品	字	写
rén	jù	pǐn	zì	xiě
海	涌	泰	山	绝
hǎi	yǒng	tài	shān	jué
笔	力	用	热	情
bǐ	lì	yòng	rè	qíng
窗	外	融	积	雪
chuāng	wài	róng	jī	xuě

오행

흙으로 화덕 지어
가마솥 올려놓고
나무로 불을 지펴
맹물을 끓여대니
무엇을
삶아야 할지는
그대가 정하소서

The Five Elements

(metal, wood, fire, water, soil)

I made a firework out of soil
and put a cauldron on it
fired with wood made boiling water.
You decide what to boil.

五行
ごぎょう

かまどに釜

まきで沸かして

何を煮るか

五行
wǔ xíng

锅 guō	上 shàng	土 tǔ	炉 lú	底 dǐ
烧 shāo	柴 chái	烧 shāo	开 kāi	水 shuǐ
不 bù	能 néng	煮 zhǔ	南 nán	北 běi
只 zhǐ	能 néng	煮 zhǔ	东 dōng	西 xī

세상

드넓은 하늘도
한눈에 다 보이고
바닷물 재었더니
소금물뿐이더라
하느님
하시는 일을
그 누가 알리오

The world

no matter how wide the sky is
you can see it at a glance.
Measured the ocean
it's only salt water.
Who knows what God is doing.

世の中
よ　なか

空を見上げたら一目で全て見え
そら　み あ　　　　　ひとめ　すべ　み

海水を調べたら塩水だけだよ
かいすい　しら　　　えんすい

神様のすることを誰が知ろうか
かみさま　　　　　　　だれ　し

世道
shì dào

仰 yǎng	天 tiān	望 wàng	眼 yǎn	底 dǐ
沧 cāng	海 hǎi	只 zhǐ	盐 yán	水 shuǐ
上 shàng	帝 dì	做 zuò	何 hé	事 shì
谁 shuí	知 zhī	处 chǔ	时 shí	使 shǐ

자연 1

흔하게 널린 것은
필요한 곳 아주 많고
귀하고 적은 것은
조금만 쓰이나니
하느님
세상 만들 때
깊은 뜻 숨어 있네

Nature 1

A common thing
is very much needed.
A precious thing
is only a little.
Here is a deep meaning
behind the creation of God's world.

自然 1
しぜん

必要なのは
ひつよう

有り触れたもの
あ　ふ

かみの深意
しんい

自然 1
zì rán

常	见	需	要	多
cháng	jiàn	xū	yào	duō
珍	贵	需	要	少
zhēn	guì	xū	yào	shǎo
创	造	世	界	时
chuàng	zào	shì	jiè	shí
老	天	深	意	照
lǎo	tiān	shēn	yì	zhào

자연 2

도시와 농촌은
한 어머니 품이니까
뭉치면 죽게 되고
흩어져야 산다네
바벨탑 세울 때마다
분노가 터졌다네

Nature 2

The city and the countryside
are one mother's arms.
If you stick together
you would be die.
You have to split up for survival.
Every time a tower of Babel is built
his anger exploded.

自然 2

都市と農村は一人の母懐だから

お互い散らばってこそ生きられる

バベル建てる度に怒りがあった

自然 2
zì rán

城	乡	因	同	母
chéng	xiāng	yīn	tóng	mǔ
抱	死	散	才	活
bào	sǐ	sàn	cái	huó
每	建	巴	别	塔
měi	jiàn	bā	bié	tǎ
老	天	愤	怒	爆
lǎo	tiān	fèn	nù	bào

계절

겨우내 움츠렸다
창밖을 바라보니
열매가 열렸다가
온 곳으로 돌아가니
계절이
눈 깜짝할 새
또 한해를 만들었네

The season

Beat the cold wind
spring a bud from the earth.
The buds bear fruits by sultry sun.
The fruits fall to the ground again.
In a flash
the season makes another year.

四季
しき

緑の若芽に
みどり わかめ

実が成り落ちる
み な お

年が過ぎた
とし す

四季
sì jì

春 chūn	野 yě	丛 cóng	芽 yá	嫩 nèn
夏 xià	坛 tán	巫 wū	祭 jì	奠 diàn
秋 qiū	田 tián	稻 dào	火 huǒ	热 rè
冬 dōng	街 jiē	走 zǒu	冷 lěng	寒 hán

道

무엇을 얻으려고
이렇게 공부 하나
아는 것 모르는 것
어떤 차이 있을까
어차피
집어던져야만
찾을 수 있다네

The truth

What are you striving
to get from study.
What's the difference
between knowing or not.
Anyway you must throw it away
to find it.

道
<ruby>道<rt>どう</rt></ruby>

<ruby>何<rt>なに</rt></ruby>を<ruby>得<rt>え</rt></ruby>ようと<ruby>勉強<rt>べんきょう</rt></ruby>をするのか

<ruby>知<rt>し</rt></ruby>る<ruby>事<rt>こと</rt></ruby><ruby>知<rt>し</rt></ruby>らない<ruby>事<rt>こと</rt></ruby><ruby>違<rt>ちが</rt></ruby>いがあるか

<ruby>執着<rt>しゅうちゃく</rt></ruby>をしない<ruby>事<rt>こと</rt></ruby>こそ<ruby>道<rt>どう</rt></ruby>を<ruby>探<rt>さが</rt></ruby>せる

道
dào

为	何	如	此	习
wéi	hé	rú	cǐ	xí
有	异	知	不	知
yǒu	yì	zhī	bù	zhī
日	益	执	著	识
rì	yì	zhí	zhù	shí
日	损	才	着	此
rì	sǔn	cái	zhuó	cǐ

제2부

느
낌

ㅣ

이쁨은 눈으로 보고
칭찬은 귀로 듣고
향기는 코로 맡고
맛은 혀로 보지만
온몸이 떨리는 것은
오직 느낌뿐이라네

美しさは目で見て

称賛は耳で聞いて

香りは鼻で嗅いで

味は舌で味わう

全身が震えるのは

感じだけだ

십시일반

배고픈 사람에겐
밥 한 그릇 주면 되고
헐벗은 사람에겐
옷 한 벌이면 그만이네
큰 기부
귀중하다만
작은 정이 최고네

The regular

You give a bowl of rice
to the hungry.
A suit of clothes is enough
for a naked man.
The great donation is precious
however a little daily interest
is the best.

十匙一飯
じゅうさじいちはん

飢えた人には飯一杯あげて

寒がる人には服一着で十分だ

大きな寄付よりも真心が一番

十匙一饭
shí chí yī fàn

饿	要	一	碗	饭
è	yào	yī	wǎn	fàn
寒	需	一	身	衣
hán	xū	yī	shēn	yī
捐	赠	虽	珍	贵
juān	zèng	suī	zhēn	guì
寸	心	是	第	一
cùn	xīn	shì	dì	yī

형설지공

창밖에 흰 눈이
끊임없이 쌓이니
달 없는 오밤중이
대낮처럼 밝구나
옛 선비 글을 읽도록
누군가 불 밝혔네

The light of snow

The white snow
is constantly piling up
the moonless night as bright as day.
So that a poor scholar could read books
someone lit the fire.

蛍雪の功
けいせつ こう

雪が積もり
ゆき つ

真昼みたいだね
まひる

本も読める
ほん よ

萤雪之功
yíng xuě zhī gōng

白 bái	雪 xuě	无 wú	息 xī	积 jī
深 shēn	夜 yè	像 xiàng	白 bái	日 rì
让 ràng	士 shì	能 néng	读 dú	书 shū
向 xiàng	晓 xiǎo	已 yǐ	经 jīng	来 lái

낭중지추

벌들이 날아와서 꽃집을 드나드니
향기가 진동하여 저절로 행복하네
일부러 봄바람 앞에 서 있을 리 있으랴

Aroma

Bees fly in and out flowers.
The scent makes me happy.
Do they need to stand
in front of the breeze?
So that someone can pick them.

囊中の錐
のうちゅう　きり

蜂が飛んできて花に出入りすると
はち　と　　　　　　　　はな　でい

香りが漂ってしあわせになる
かお　　ただよ

強いて春風に当たる必要があろうか
し　　はるかぜ　あ　　ひつよう

囊中之锥
nángzhōng zhī zhuī

蜜	蜂	吞	吐	花
mì	fēng	tūn	tǔ	huā
幽	香	自	散	发
yōu	xiāng	zì	sàn	fā
露	身	前	春	风
lù	shēn	qián	chūn	fēng
世	人	折	去	花
shì	rén	zhé	qù	huā

천라지망

地網은 촘촘해도
빠질 놈은 다 빠지나
天網은 성기어도
빠뜨리지 않으니
멋대로 세상 산 값은
치러야 하느니

Who made the net

A man-made net although it is tight
you can get out of it.
God-made net although it is loose
no one can be left out.
In the end
have to pay what you have done.

天と地の網

地の網目が細かくても潜抜けるが
天の網目は粗くても抜け出せない
気侭に過ごした日々は精算が必要だ

天罗地网
tiān luó dì wǎng

地 dì	网 wǎng	溜 liū	虽 suī	蜜 mì
天 tiān	网 wǎng	恢 huī	不 bù	失 shī
横 héng	行 xíng	活 huó	霸 bà	道 dào
价 jià	值 zhí	要 yào	不 bù	菲 fēi

천의무봉

퀼트로 한 땀 한 땀
책가방 만들더니
꽃 자수 홍색 적삼
밤새워 지어내니
아내의
바느질 솜씨
천의무봉 아닐런가

Embroidery

My wife sewed a suitcase with quilts
embroidered flowers on her dress
all night long.
Her needlepoint skill must be
the dexterity of God

てん い む ほう
天衣無縫

す ぐ さくひん
優れた作品

ぬ め
縫い目がきれい

む ほう
無縫みたい

天衣无缝
tiān yī wú fèng

红 hóng	衫 shān	没 méi	看 kàn	缝 fèng
染 rǎn	裙 qún	发 fā	天 tiān	香 xiāng
熬 áo	夜 yè	织 zhī	衣 yī	裳 cháng
妻 qī	头 tóu	针 zhēn	线 xiàn	想 xiǎng

천연염색

쪽을 우려내어
푸른 치마 그려내고
양파껍질에 삶아내니
석양빛 저고리
선녀는 무지개에서
옷 색깔 고르려나

Natural dyeing

With indigo dyeing
paints the blue skirt.
With onion skin boiling
draws the golden shirts.
An angel may pick out his rob
from the rainbow.

自然染色 <ruby>自<rt>し</rt></ruby><ruby>然<rt>ぜん</rt></ruby><ruby>染<rt>せん</rt></ruby><ruby>色<rt>しょく</rt></ruby>

きれっぱし

よく<ruby>煮<rt>に</rt></ruby>て<ruby>乾<rt>かわ</rt></ruby>かす

エクスタシー

天染
tiān rǎn

上 shàng	衣 yī	煮 zhǔ	葱 cōng	皮 pí
下 xià	裳 cháng	榨 zhà	取 qǔ	蓝 lán
雨 yǔ	歇 xiē	彩 cǎi	虹 hóng	升 shēng
仙 xiān	女 nǚ	挑 tiāo	色 sè	感 gǎn

제방 바위

정을 맞은 바위는
줄지어서 서 있는데
멋대로인 돌멩이가
부럽고 탐이나네
본모습 되찾으려면
천년만년 걸리겠지

The broken rocks

The broken rocks on the dyke
are lined up in a row.
They are jealous of natural pebbles
rolling along the river.
It'll take a long time to be like you.

堤防の岩
（ていぼう）（いわ）

割れた岩は並んでいながら
（わ）（いわ）（なら）

自然の石を羨ましがってるよ
（し ぜん）（いし）（うらや）

戻るには千年万年かかるだろう
（もど）（せんねんまんねん）

堤防石
dī fáng shí

碎 suì	石 shí	成 chéng	排 pái	站 zhàn
羡 xiàn	慕 mù	河 hé	水 shuǐ	边 biān
找 zhǎo	回 huí	本 běn	面 miàn	貌 mào
得 dé	要 yào	千 qiān	万 wàn	年 nián

형제 사랑

뿌리가 물을 뽑아
가지에 보내면
연한 잎 먹도록
통로가 되어 주네
누군가 참아내야만
나무가 무성하지

Brotherhood

When the roots pull water out
the branches turn it over
for leaves to drink.
Only when something put up with it.
The tree can be plentiful.

<ruby>兄弟愛<rt>きょうだいあい</rt></ruby>

<ruby>木<rt>き</rt></ruby>の<ruby>根<rt>ね</rt></ruby>が<ruby>水<rt>みず</rt></ruby>を<ruby>引<rt>ひ</rt></ruby>きあげる<ruby>時<rt>とき</rt></ruby>

<ruby>枝<rt>えだ</rt></ruby>は<ruby>葉<rt>は</rt></ruby>のために<ruby>水<rt>みず</rt></ruby>を<ruby>流<rt>なが</rt></ruby>す

<ruby>犠牲<rt>ぎせい</rt></ruby>があるから<ruby>木<rt>き</rt></ruby>が<ruby>茂<rt>しげ</rt></ruby>っている

兄弟情谊
xiōng dì qíng yì

树	根	供	水	时
shù	gēn	gōng	shuǐ	shí
让	叶	用	先	之
ràng	yè	yòng	xiān	zhī
粗	枝	忍	干	渴
cū	zhī	rěn	gān	kě
甘	当	通	道	水
gān	dāng	tōng	dào	shuǐ

부모 사랑

잘못된 말씀도
마땅히 순종하고
재앙을 당해도
웃는 얼굴 보여주며
때맞춰 맛있는 음식
정성껏 드리세요

Respect for your parents

Even if your parents are wrong
you have to follow them.
Show them your smiling face
in spite of the disaster.
So that they can eat and dress
according to the season
respect with respect.

りょうしん あい
両親の愛

えがお あい
笑顔の愛が

てん かか
天に懸っている

つき
月のように

父母之爱
fù mǔ zhī ài

错	话	当	顺	从
cuò	huà	dāng	shùn	cóng
遭	难	带	笑	容
zāo	nán	dài	xiào	róng
柴	米	适	时	供
chái	mǐ	shì	shí	gōng
奉	敬	至	谦	恭
fèng	jìng	zhì	qiān	gōng

무더위 극복

입추를 재촉하는
매미 소리 요란치만
처마 밑 굼벵이는
오히려 한가롭네
마음을 다스려야만
이 무더위 이긴다네

Overcoming the heat

However the sound of cicadas
rushing in autumn is loud.
Sluggards under the ground
enjoy the sultry weather.
Don't ask anyone when the heat is going.
Read a poem and control your mind.

暑さ克服

うるさくて
逃げ出すあつさ
蝉の鳴き声

克服暑热
kè fú shǔ rè

催	秋	蝉	鸣	喧
cuī	qiū	chán	míng	xuān
屋	檐	蛴	犹	闲
wū	yán	qí	yóu	xián
别	问	闷	热	消
bié	wèn	mèn	rè	xiāo
吟	诗	心	自	恬
yín	shī	xīn	zì	tián

겨울 감상

감나무 가지 끝에
동동대는 홍시 몇 개
새들이 날아와서
목숨을 이어가네
한겨울
모진 바람에
떨어지면 어쩌나

Winter appreciation

A few persimmons at a tree branch
the bird fly in and eat them.
Shaking branches in the cold wind
what if they fall down to the ground.

冬の鑑賞

枝の先にぶらさがっている熟柿
鳥たちが飛んできて命を繋げる
真冬の厳しい風に落ちたらどうしよう

冬季欣赏
dōng jì xīn shǎng

树	捎	红	柿	悬
shù	shāo	hóng	shì	xuán
饿	鸟	生	命	延
è	niǎo	shēng	mìng	yán
朔	风	摇	晃	枝
shuò	fēng	yáo	huǎng	zhī
发	愁	掉	鸟	餐
fā	chóu	diào	niǎo	cān

중추절

밝은 달 높이 떠서
온 마을을 비추고
맑은 바람 불어와
강물을 달래 주니
정다운 골목길에는
웃음소리 넘치네

A harvest festival

Up high on the bright moon
it shines all over the home town.
There is a clear wind
touching the river.
It is full of laughter
on a friendly alley way.

中秋節
<small>ちゅうしゅうせつ</small>

明るい月昇って村を照らして

清風が吹いてきて川の水を撫でる

情愛に路地には笑い声があふれる

中秋节
zhōng qiū jié

明	月	满	村	庄
míng	yuè	mǎn	cūn	zhuāng
清	风	抚	秋	江
qīng	fēng	fǔ	qiū	jiāng
聚	情	胡	同	里
jù	qíng	hú	tóng	lǐ
笑	声	越	围	墙
xiào	shēng	yuè	wéi	qiáng

제3부

쉼

멋있는 풍경도 멈춰야 보이나니
즐길 수 있을 때 마음껏 즐겨라
인생은 순례의 여정, 하지만 짧구나

Even the beautiful scenery
you can't see without the rest.
Gather you rosebuds while you may.
Life is a pilgrimage, but a span.

자전거 타기

하늘 위 솔개 마냥
세상을 내려 보다
한여름 장마철에
소낙비 들이치니
걸음아
날 살려 라고
줄행랑치는구나

Ride on a bicycle

Looking at the world
like an eagle in the sky.
There's a sudden monsoon shower.
I have to ride away in a tailspin.
This is how life goes.

自転車乗り
じ てんしゃ の

乗っている
の

急に雨が降って
きゅう　　あめ　　ふ

逃げ出した
に　　だ

骑自行车
qí zì xíng chē

像	鹫	观	照	阳
xiàng	jiù	guān	zhào	yáng
阵	雨	忽	然	降
zhèn	yǔ	hū	rán	jiàng
拔	腿	就	逃	走
bá	tuǐ	jiù	táo	zǒu
生	活	如	化	装
sheng	huó	rú	rú	zhuāng

치악산 종주

온몸이 지치니까 등에 진 짐 무겁구나
마음도 무너지면 이 등산은 어찌할꼬
고난을 극복해야만 상쾌함도 있으리

땀방울 날아가자 풀 내음이 들어 오네
아직도 여름인데 잠자리 한창이요
두어라 때를 놓치면 대가 끊어진다오

산등성이 올라오니 이제는 평지네
오르고 내리니 콧노래가 흥겹구나
맛있는 점심 식사가 즐거움을 더하네

Mt. Chiak Hiking

So tired that my back feels heavy.
If I break my heart
what will happen to this hiking?
Climbed the ridge it's flat now.
I can't stop humming
when I go up and down.
Delicious lunch add joy.
Without hardship there is no refresh.

雉岳山縦走

全身が疲れるから背中の荷が重い

心まで崩れたら登山はどうしようか

つらい事を越えれば爽快感がある

雉岳山纵贯
zòngguàn

乏 fá　力 lì　行 xíng　李 lǐ　严 yán
心 xīn　塌 tā　何 hé　爬 pá　山 shān
浑 hún　身 shēn　克 kè　困 kùn　难 nán
汗 hàn　珠 zhū　来 lái　自 zì　穿 chuān

山 shān　梁 liáng　路 lù　平 píng　展 zhǎn
头 tóu　前 qián　蜻 qīng　蜓 tíng　点 diǎn
行 xíng　便 biàn　出 chū　哼 hēng　歌 gē
美 měi　味 wèi　兴 xīng　趣 qù　添 tiān

바닷가에서

해변에 쌓아 놓은 모래성은 간 곳 없고
배 지난 자리에는 파도만 넘실댄다
하늘엔 갈매기만 편지를 쓰고 있네

옛날엔 남자들이 옷 벗고 수영하고
지금은 여자들이 비키니 차림이네
해변서 세상 변함을 온몸으로 느끼네

고깃배 빌려서 반 시간을 달려가니
낚시를 던지자 가자미가 올라오네
생선회 술안주 삼아 마음껏 즐겨보네

By the sea

The sand castle on the beach
easily washed away.
Even if a ship passed by
there's nothing left.
Only the seagulls are writing letters
to the sky

Previously men were wearing
only panties to swim.
Now women are in bikinis.
I feel that the life is changing

We lent a fishing boat
half an hour to the sea.
To throw fishing rods
there're sand dabs coming up.
We made a side dish instantly
ate as much as we could.

海辺で

海辺の積もった砂の城は消えて

船の過ぎた場所には波だけ

空にはカモメだけが手紙を書いてる

昔はおとこが脱いで泳いで

今はおんながビギニ姿だね

海辺で時代の変化全身で感じる

漁船を借りて三十分進んだ

竿を投げたらカレイが釣れた

刺身が美味しくて思う存分食べたね

在海边
zài hǎi biān

虽 suī	推 tuī	沙 shā	城 chéng	就 jiù	消 xiāo	失 shī
船 chuán	过 guò	痕 hén	迹 jì	波 bō	冲 chōng	毁 huǐ
天 tiān	上 shàng	海 hǎi	鸥 ōu	飞 fēi	来 lái	去 qù
凄 qī	凉 liáng	我 wǒ	心 xīn	写 xiě	回 huí	字 zì

昔 xī	男 nán	脱 tuō	衣 yī	享 xiǎng	游 yóu	水 shuǐ
今 jīn	女 nǚ	都 dū	穿 chuān	比 bǐ	基 jī	尼 ní
世 shì	界 jiè	变 biàn	化 huà	随 suí	时 shí	代 dài
不 bù	合 hé	口 kǒu	味 wèi	别 bié	叹 tàn	气 qì

借 jiè	捕 bǔ	鱼 yú	船 chuán	去 qù	近 jìn	海 hǎi
一 yī	钓 diào	鲽 dié	鱼 yú	就 jiù	上 shàng	来 lái
做 zuò	生 shēng	鱼 yú	片 piàn	痛 tòng	快 kuài	吃 chī
久 jiǔ	来 lái	野 yě	游 yóu	愿 yuàn	尽 jìn	喜 xǐ

오일장

장터 국밥 한 그릇에
시름을 들어내고
신김치 한 조각에
서러움 넘기면서
아쉬운 풍진 세월을
봄바람에 담는다

Market every five day

Eating a bowl of hot soup
to get rid of my worries.
Chewing a piece of Kimchi
to overcome my sorrow.
I try to capture my crooked years
in the spring breeze.

五日市

クッパ一杯に憂いを出し
一切れのキムチに悲しみを越える
なごり惜しい歳月春風に詰め込む

五日集市
wǔ rì jí shì

一 碗 汤 饭 甩 心 事
yī wǎn tāng fàn shuǎi xīn shì

一 块 泡 菜 消 悲 哀
yī kuài pào cài xiāo bēi āi

风 尘 岁 月 何 经 历
fēng chén suì yuè hé jīng lì

五 日 集 市 熟 谙 你
wǔ rì jí shì shú ān nǐ

음표

길다고 짧다고
높거나 낮다고
서로가 다투거나
뽐냄이 아니니
모여서 화음 만드니
노래가 되었네

Music notes

High or low
long or short
they don't fight or pull one another out.
It becomes a song in fantastic harmony.

音符
おんぷ

長いとか短いとか
なが　　　　みじか

高いとか低いとか
たか　　　　ひく

お互いが争ったり
たが　　あらそ

自慢しないの
じまん

集まって和音作ったら
あつ　　　わおん　つく

歌ができた
うた

音符
yīn fú

高	长	和	低	短
gāo	cháng	hé	dī	duǎn
互	相	无	骄	矜
hù	xiāng	wú	jiāo	jīn
帮	助	聚	一	起
bāng	zhù	jù	yī	qǐ
创	歌	成	和	音
chuàng	gē	chéng	hé	yīn

가마우지

한여름 냇가에
무리 지은 가마우지
물고기를 잡으려고
엉덩이 내보이니
어릴 적 자맥질하던
내 모습과 닮았구나

A cormorant

Straining a cormorant in the stream
showing his ass to catch fishes.
It's just like me when I was a kid.
There's no such thing as a free lunch.

鵜

真夏の川沿い群れをなした鵜
魚を捕まえようと尻を突出し
幼い時ダイビングした姿と同じだ

鸬鹚
lú cí

溪	边	鸬	鹚	帮
xī	biān	lú	cí	bāng
捕	鱼	屁	股	望
bǔ	yú	pì	gǔ	wàng
儿	时	跳	进	水
ér	shí	tiào	jìn	shuǐ
和	我	一	样	像
hé	wǒ	yī	yàng	xiàng

덧없는 하루

아침에 일어나서
시조 한 수 읊조리고
외국어 학습한 후
강변을 돌고 나니
어느덧 붉은 태양이
서산에 넘어가네

A fleeting day

After I woke up
recited a poem
studied foreign languages
and took a walk along the river.
The red sun is going over the mountain.
Just like the river is constantly flowing.

はかない一日

朝起きて時調一首吟じて

外国語を勉強して散歩をしたら

すでに赤い太陽が西の山越える

日常
rì cháng

早 zǎo	起 qǐ	时 shí	调 diào	吟 yín
习 xí	语 yǔ	绕 rào	河 hé	边 biān
蓝 lán	河 hé	流 liú	不 bù	息 xī
红 hóng	日 rì	照 zhào	西 xī	山 shān

의천도룡기

부모님 원수에게
은혜를 베풀고
황제가 되는 꿈을
사랑과 바꾸었네
장무기 의천도룡기
사나이의 용기다

Mr. Zhang WuZhi

He showed favor to the enemies
of his parents.
For the sake of love
he gave up being an emperor.
Mr. Zhang braves enough to be a man.
No matter how outstanding he is,
he can't eat the cake and have it.

倚天屠竜記
いてんとりゅうき

父母の敵には恩恵を施して
ふぼ　てき　　　おんけい　　　ほどこ

皇帝になる夢を愛と変えたね
こうてい　　　　ゆめ　あい　　か

張無忌倚天屠竜記男の勇気だ
いてんとりゅうきおとこ　　ゆうき

倚天屠龙记
yǐ tiān tú lóng jì

向	仇	施	恩	惠
xiàng	chóu	shī	ēn	huì
为	爱	弃	皇	帝
wéi	ài	qì	huáng	dì
好	汉	张	无	忌
hǎo	hàn	zhāng	wú	jì
展	现	英	雄	气
zhǎn	xiàn	yīng	xióng	qì

홍선대원군

외상술 마시면서 추태를 일삼다가
일개 무관 이장렴한테 뺨 맞은 이하응
목숨을 앗기는커녕 금위대장 만들었네

서원을 철폐하고 세도정치 타파하여
떨어진 왕의 권위 되찾고자 하였으나
한심한 쇄국 정치로 나라 운명 망가졌네

담을 치고 척지어선 누구도 못 이기니
만나고 대화하여 동맹을 맺는 것이
국가 간 외교에서는 최선의 방책이요

제4부

이
음

—

금빛 노을 떨어지는
인적 드문 산기슭
가슴을 에어내는
구슬픈 피리 소리
끊길 듯 이어나가니
내 인생과 닮았네

어릴 적 먹거리

멀건 콩죽 한 그릇엔
보름달이 떠 있고
푹 삶은 쌀알은
신발짝만 하지만
온 가족
둘러앉으면
수라상이 부러울까

칼국수 한 단을
시내에서 사 들고
구공탄 한 장을
새끼줄에 꿰차면
온 세상
부귀영화가
내 손에 들려 있네

라면 한 봉지에
국수 한 단 집어넣고
한소끔 끓여내면
기름 동동 섞어 국수
맛있던
가루수프는
고기 맛을 내었었지

큰 고구마 골라내서
장에다 내다 팔고
조그맣고 못 생기고
호미 찍힌 고구마만
가마솥
가득 삶아서
이웃들과 나누었지

어릴 적 놀이

일 원짜리 지폐를
코일에 꿰어서
지나가는 어르신
주우려고 할 때면
사알짝
잡아끌어서
놀려 주던 골목길

화학단 구석구석
샅샅이 뒤져서
쇠붙이 빈 병들을
모조리 주어다가
엿장수
갖다주고서
바꿔 먹던 엿 조각 맛

핫바둥지 헤엄치러
친구들과 놀러 가면
논두렁
외통길에
풀 올무 엮어 놓고
달음질
시합하자며
꼬여대던 그 능청

* 화학단: 화염방사기, 연막탄 등을 사용하던 군부대 명칭
** 핫바둥지: 어릴 적 헤엄치러 가던 커다란 너럭바위가 있던 장소인데 고인돌 비슷한
    큰 돌이 있어 할아버지가 계신 곳이란 뜻이 아닌가 한다. (저자 본인 생각)

학창 시절

공부를 핑계 삼아
도서관에 가서는
무협지 찾아서
빠짐없이 읽었네
의리와
권선징악을
여기서 배웠네

꽃가루 알러지로
눈병을 앓아서
칠판의 글씨가
천연색으로 보이네
고쳐 줄 사람 없으니
햇빛 피해 숨었네

언제는 이것하고
다음엔 저것하고
평생 동안 할 일을
한 줄로 세워보니
헛된 꿈
같다고 하지만
이정표가 되었네

대장군 한신은
큰 뜻을 위하여
도적들 가랑이를
기어서 넘었는데
같잖은
자존심으로
대업을 놓쳤구나

군대 시절

신교대 식당에서
밥순가락 먼저 들다
조교에게 코 잡혀서
식당 한 바퀴 돌았네
서러워
쏟은 눈물이
선친상에 견줄까

후반기 교육에서
사단장상 받은 죄로
단풍 하사 공동 응징
주범으로 몰려서
밤새워
똥물 포복하던
연천 전곡 야영지

장마로 다리 끊겨
통나무 하나 걸쳤는데
GOP 철수 중
방탄 헬멧 떨구니
탄띠만 벗어 던지고
물속에 뛰어드네

물을 따라가게 되면
북쪽으로 넘어가니
죽을 힘을 다하여
물 거슬러 헤엄치네
구하려 뛰어내렸지만
생이별을 하였네

장마 끝난 강가에서
헬멧 하나 주웠는데
철모피 빨간 글씨
"추 전사" 선명하네
아무리 작은 일이라도
장난삼아 하지마오

공무원 생활

공무원의 첫째 임무
국민을 위함이니
권력 행사 전혀 없고
부탁만 해야 하는
성실한
우체국 직원
친절 봉사 표상이네

공무원 40년
승진을 위하여
없는 것 있는 척
모르는 것 아는 척
숱한 날
밤을 새워서
헛된 짓만 했구나

취미

어릴 적 동네 어른
내기 장기 둘 때마다
잔심부름하여 주며
한 수 두 수 배웠더니
이제는
남 부럽지 않은
제일 취미 되었구나

입대하여
거짓으로
5급이라 하였는데
연구생 만나서
4점 바둑 만방 났네
아직도 형세 감각이
일류는 못 된다

술

술에 취해 논두렁에
쓰러져 잠을 자니
아침 일찍 물 보러온
농부가 깨우면서
젊은이
나이도 어린데
이러면 아니 되오

영어를 배우려고
캠프롱 앞에 가서
지나가는 미군 병사
술 사주고 배웠더니
하찮은
회화 실력이
술 마셔야 나오네

술 그만 마시라고
아내가 다그치면
상사를 핑계 삼아
음주를 즐기면서
저지른
온갖 잘못은
무엇으로 되갚나

대장을 검사하다가
직장암을 발견했네
수술을 잘못하여
죽음 문턱 갔었지만
지금껏
술 담배 끊어
새 생명을 얻었네

*캠프롱: 원주에 있던 미군 부대명

고향 1

수양버들 우거진
인심 좋은 버들만이
혁신도시 선정되어
옛 모습 간 곳 없네
어릴 적 소꿉동무들
어디 가서 찾을까

* 버들만이: 원주시 반곡동에 버드나무가 많다고 하여 지어진 마을 이름

故郷　1

횡に　なって
黙って眺める空
友は　どこに

고향 2

금대리 초교에서
영화를 한다고 하여
삼십 리 길 마다 않고
친구들과 달려갔네
도중에
끊어져 버린
뒷 내용이 궁금하다

*금대리: 원주시 근교에 있는 지역 이름

故郷 2

映画を見に
三十里走ったよ
テープきれる

먼저 간 형제에게

몇 년 더 산다고
무엇이 달라지나
먼저 가면 아쉽지만
늦게 가도 별것 없네
남는 것
덜어내어서
모자람을 채운다네

지저귀는 새소리에
창밖을 내다보니
진달래도 철쭉꽃도
이슬이 영롱하네
종달아
저 구슬 담아
내 님께도 전해 주

정한성 삼행시

정중한 태도로 공부에 열중해도
한문을 익히기는 멀고도 험하구나
성공은 쉽지 않으니 시간을 아껴라

鄭漢成作文
さくぶん

鄭 君、一生懸命に勉強するが
くん いっしょうけんめい べんきょう

漢語を覚えるのは遠くて険しい
かんご おぼ とお けわ

成功は難しいから時間を節約しろ
せいこう むずか じ かん せつやく

郑汉成三字诗
zhèng hàn chéng sān　zì　shī

郑	重	态	度	虽	书	念
zhèng	zhòng	tài	dù	suī	shū	niàn
汉	语	完	成	遥	远	难
hàn	yǔ	wán	chéng	yáo	yuǎn	nán
成	功	人	生	不	容	易
chéng	gōng	rén	shēng	bù	róng	yì
手	不	释	卷	省	时	间
shǒu	bù	shì	juàn	shěng	shí	jiān

나의 길

달님의 빛남은
어두움 덕분이며
해님의 밝음은
자신을 태움이니
감사와
절차탁마로
오늘을 살리라

My way

The moonlight is
thanks to the darkness.
The sun is bright
because it burns itself up.
I'm grateful for everything.
I'll train myself.

私の道
<ruby>私<rt>わたし</rt></ruby>の<ruby>道<rt>みち</rt></ruby>

<ruby>月<rt>つき</rt></ruby>のひかりは<ruby>闇<rt>やみ</rt></ruby>のおかげで

<ruby>太陽<rt>たいよう</rt></ruby>は<ruby>自身<rt>じしん</rt></ruby>を<ruby>燃<rt>もや</rt></ruby>して<ruby>明<rt>あか</rt></ruby>るくする

<ruby>感謝<rt>かんしゃ</rt></ruby>と<ruby>切磋琢磨<rt>せっさたくま</rt></ruby>で<ruby>今日<rt>きょう</rt></ruby>を<ruby>生<rt>い</rt></ruby>きたい

我的路
wǒ dí lù

月 yuè	耀 yào	因 yīn	昏 hūn	黑 hēi
日 rì	亮 liàng	为 wéi	烧 shāo	己 jǐ
切 qiē	磋 cuō	后 hòu	琢 zhuó	磨 mó
所 suǒ	事 shì	怀 huái	感 gǎn	激 jī